Petit Ours Brun
est fâché avec maman

Illustrations de Danièle Bour

bayard jeunesse

Petit Ours Brun
veut tous les bonbons.
Maman Ours dit :
– J'ai déjà dit non !

Petit Ours Brun dit
un gros mot tout bas.
Maman Ours gronde :
– Non mais, ça ne va pas ?

Petit Ours Brun
part en pleurant.
Il dit : – Toi,
t'es plus ma maman !

Petit Ours Brun
pleure longtemps.
Il ne sait pas
si sa maman l'entend.

Petit Ours Brun
finit par se calmer.
Mais sa maman
ne vient pas le chercher.

Petit Ours Brun va
la rejoindre à petits pas.
Il chuchote : – Mon lutin
veut parler avec toi.

Alors Maman Ours
lui répond tout bas :
– Dis-lui de venir
dans mes bras.

Petit Ours Brun est un héros

des magazines *Popi* et *Pomme d'Api*.

Les illustrations ont été réalisées par Danièle Bour.

Le texte de cet album a été écrit par Marie Aubinais.

ISBN : 978-2-7470-2511-9
Dépôt légal : mai 2008 - 2e édition
Loi 49-956 du 16 juillet 1949 sur les publications destinées à la jeunesse

Imprimé en Italie